초록이 흐르는 계절
바람이 분다

전화자, 박화진 시집
박화진 사진·그림

문학공감

이야기 하나

"애비야 밥은 먹고 다니냐?"

팔순을 바라보는 숙모님은 환갑을 코앞에 둔 조카가 여전히 대갓집으로 시집오던 날 문지방에 걸터앉아 새색시를 빼꼼히 쳐다보던 배꼽둥이 5살 어린 녀석으로 보이는지 안부 말씀은 늘 한결같으십니다.

인생 2막을 시작하는 이 땅의 많은 중년 사내들은 가슴 한구석이 텅 비어 있는 시간들을 빨리 메우고 싶어 안달하게 됩니다. 여백 없는 삶에 어느 날 찾아온 여백을 메꾸려고 작은 배낭 하나 메고 산으로, 쇠 동아리 달린 작대기 몇 개 들고 골프장으로 이리저리 뒹굴어보지만 쉽게 메꿔지지 않음에 마음만 초조할 따름입니다. 저역시 그런 시간들이 흐르고 있습니다.

초조함을 위로받을 겸 자식처럼 챙겨주시는 노 숙모님을 가끔 찾아뵙다가 평소 흐린 돋보기를 걸친 채 낡은 노트 한구석에 틈틈이 조곤조곤 글을 쓰시는 숙모님의 빛바랜 노트를 슬쩍 읽어 보았습니다.

50여 년 동안 전업주부로 숙부님과 자식들을 뒷바라지하며 살아오셨기에 발뒤꿈치 굳은살 같은 삶이신 줄 알았는데 봄날의 새싹 같은 여림과 옷깃을 다림질하여 정갈한 교복을 입은 여학생 같은 감성의 글들이었습니다.

정년퇴직 후 이제 내 삶은 퇴장의 쓸쓸함만이 남았다고 여긴 나에게 등짝을 때리는 죽비의 내리침으로 다가왔습니다.

"숙모님 같이 시집 한 번 내실래요?"
나의 제의에 노 숙모님이 쑥스러운 듯 곧장 몇 편의 자작시를 내밀었습니다.
마~알~간 정화수 같은 몇 편의 시를 읽으며 이슬 머금은 채송화 소녀의 마음과 세월로 터득한 생의 이치를 이곳저곳에서 다시금 보게 되었습니다.
나이 먹음과 늙음은 결코 멈춤과 끝이 아님을 새삼 느끼며 숙모님의 소박하지만 맑은 마음을 오래도록 간직해드리고 싶어 함께 담아 묶어 보았습니다.

이야기 둘

'답장을 기다리지 않는 편지'에 이어 두 번째 시집입니다.

-두려움!
누군가 나를 현미경으로 들여다 볼지 모른다는 불안감 때문입니다.
신의 아들인 사람, 보이지 않는 세계를 보는 신의 능력은 없을지라도 감추어도 사람 사는 모습은 다 볼 수 있을 것입니다.

-초라함!
초라한 모습의 자식일지라도 내 자식이기에 내가 쓴 생각의 편린들을 외면할 수 없습니다.

-사랑!
가끔씩 풀썩 주저앉아 펑펑 울기도 하고 숙명처럼 앞에 놓인 터벅터벅 걸어가는 삶일지라도 세상은 아름답기에 끝없는 사랑의 노래를 부르며 살아가고 싶습니다.

언제나 우리에게 주는 자연의 아름다움과 사랑이야기에
아직 취할 수 있어 감사할 따름입니다.

그래도 출간은 무모한 게 아닌가 하는 의구심은 듭니다.

이 해가 가기 전에 고마웠던 사람들에게 인사라도 해야
할 것 같습니다.

경북 칠곡 땅의 조그만 마을에서 손녀 같은 선생님에게
한글을 익히고 시를 쓰시는 고운 마음씨의 할머니 시인 분
들에게도 안부를 전하고 싶습니다.

경자년 늦가을 대나무골에서
박화진

차례

가을, 겨울, 봄, 여름,
그리고 사랑

평소 흐린 돋보기를 걸친 채 낡은 노트 한구석에

틈틈이 조곤조곤 글을 쓰시는 숙모님의 빛바랜 노트

초록이 흐르는 계절
바람이 분다

⋮

전화자

오월의 어느 날

햇살 뜨스한 날
바람도 따스한 날
널따란 돌짝도 따스하다

빨간 꽃, 파아란 꽃, 노오란 꽃 따다
돌짝에 늘어놓고 아가가 인사를 한다
찬 겨울 잘 견뎌준 예쁜 꽃잎에 입맞춤을 하며 조잘거린다

한낮을 지나 엄마가 아가를 찾아 엄마의 손을 잡고 간 뒤
돌짝에 남은 빨간 꽃, 노오란 꽃, 파란 꽃잎 친구는 밤을
맞는다

밤엔 별님과 달님과 놀면서
구름 너머 이슬비 내린다

빨간 꽃은 빨간 새 되고
노오란 꽃은 노오란 새 되고
파란 꽃잎은 파랑새 되어
이슬비를 타고 하늘로 날아오르리라

마음

마음이란 무엇일까

마음이란
만질 수 있나, 볼 수 있나

마음이란
삼각형일까, 원일까? 사각형일까

마음 색깔은
파란색, 빨간색, 노란색, 보라색일까

먼 수평선 위로 떠다닐까
높은 창공을 솟아오를까

마음이란
봄바람처럼 푸른 보리밭 물결처럼 넘실댈까

마음이란
기쁨을 생각하면 즐겁고 슬픔이 일면 눈물일까, 지옥일까

마음의 보자기를 펼쳐
모두 다 끌어안고 덮어주고 싶다

소금

바닷물에 가두어
햇볕과 바람에 맡기니
어느 날엔가 하얀 고운 가루가 쌓인 게
그게 소금인가

이 세상에 돈은 없어도 되지만
이 보잘것없는 하이얀 소금이 없으면
이 세상 온통 썩은 냄새 진동을 할거야
이것이 없으면 물질이 썩을 거니까
인간의 수명도 그렇고

다만 인간의 마음은
소금이 아니라 빛이 아닐까

봄 개나리

찬란한 봄날
노오란 개나리꽃
너무 예쁘다

긴 나무 줄기를 타고
뾰족하고 앙징스런 꽃 모양
나무 줄기따라 다닥다닥 붙어
별꽃처럼 화사하고 노오란 꽃 따스한 봄날의 꽃 잔치다

긴 가지에 노오란 별꽃과 파아란 초록 잎을 봄바람이 흔든다
저 뿌리는 노아란 물감통에 잠겨있는 걸까
어쩌면 꽃과 잎의 빛깔이 저렇게도 조화롭고 신비스러울까?

긴 줄기에 노란 별꽃과 초록 잎이 봄바람을 흔든다

멈칫거리고 거리낌 없는 세월

나이가 나를 키웠나
세월이 나를 키웠나
시간이 쌓여 세월인가
세월이 바람처럼
보이지도 만져지지도 아닌 게 지나갔나

나이가 육신과 마음으로 느낌을 준다
그 속에 세월을 따라 가나
나이를 따라 가나
세월 넘어 모든 게 사라졌지만
저 언덕 넘어 기다림이 있겠지….

저녁 서쪽 하늘 석양

석양이 아름답다
서글퍼진다
뒤를 돌아보며 생각에 잠긴다
참 멀리도 왔구나
저, 지는 해의 아름다움에 알 수 없는 눈물이 흐른다
눈물겹게 아름답다

꿈을 꾸다

꿈속 세상
만져도 보고 반갑게 웃어도 보고
이대로 나 살 듯이 꿈속에서 살고 싶다

깨고 나면 슬프고 허무하고 아쉬운 것
간절한 바람이 꿈 속 여행인가 아쉽기만 하다

시간 헤아리기

60초는 1분
60분은 1시간
24시간은 하루
너무 빨랐네
기쁨도 슬픔도 추억으로 만드네
시간이 모든 걸 하얀 그리움으로 띄워 보낸다

6월엔 밤꽃이 핀다

새콤한 냄새, 향긋한 냄새
바람결에 날아온다
기분이 좋아진다
이 냄새가 밤꽃 냄새
한껏 길게 마셔 몸속에 넣고 싶다
정말 좋다

달밤에 취해

달밤 산은 하늘과 맞닿은 듯하다
낮과 달리 은은하고 오묘한 푸른 달밤
부드러운 바람과 달빛
흠뻑 젖고 싶다
취하고 싶다

고즈넉한 이런 밤
다정한 사람과 쭉 뻗은 신작로 길로 마냥 걷고 싶다
꿈을 꾸듯이…

메꽃

이른 아침 풀들 속에서
예쁘고 수줍게 분홍 꽃을 피운다
난 나팔꽃과 메꽃을 구별 못 한다
메꽃은 옛날부터 구황식물이라 했든가
난 아직 메꽃의 뿌리를 본적도 없다
그저 예쁜 분홍빛의 메꽃이
수줍은 새색시 같고 귀엽다

그림자놀이

햇살 좋은 맑은 날 그림자놀이를 한다
시원한 큰 나무 그늘이 나무 그림자다
그 밑에서 시원함과 상큼함을 느낀다

옛날 아이들과 한 그림자놀이가 생각난다
내 그림자가 밟히면 기분 나쁠 듯 빨리 피하고
다른 사람 그림자 밟기 바쁘다

그렇게 시간이 흘러 옛 놀이가 그림자 추억이다

바다와 하늘

등 돌리면 큰 푸른 바다 있고
고개 들어보면 넓은 하늘이 있고
두 팔 활짝 벌려 하늘 품으로 안기고 싶다

내 사는 곳만 낙원일까
저 푸른 바다는 푸르다 못해 검푸르다
그 속에 하늘을 담고 해도 담고 달도 담는다

끝없는 하늘을 우러러 머리에 이고 살고 싶다

눈에 보이지 않는 바람이 스친다
시원하다

하늘과 바다 너무 웅장하다
경이롭다

이것이 세상인가!

하루살이

우리 산다는 게 재미있고 알 수 없다
오늘은 행복해서 웃을 수 있고
모르는 내일은 어떨까
막상 또 내일이 오늘이듯이
바쁘게 또 하루가 시작된다
매일이 무감각하듯
일상이 매 한결같은 시간만 보내고
하루를 마무리한다

비 오는 날

창가에 앉아 있다
토닥토닥 빗소리가 정겹고 싫지 않다

앞산 구름이 허리를 감싸면 비가 다시 시작된다
한참 뒤, 구름이 산 위로 오르면 비가 그친다

비 오는 날은 마음이 한가롭고
비가 좋아 비 내리는 것을 바라보게 된다

이 조용한 한낮
이름 모를 새가 짹짹거린다

이 고요함이 좋다
비 오는 날 시원한 바람이 분다

산책길에서

밝은 햇살 아래 산책길에 나선다
그늘 아래로 사람들과 개천 옆으로 어깨를 스치며 걷는다
이제 한낮 그늘도 사라진다
그늘 없는 찬란한 햇살 아래 개천의 흐르는 물소리 속삭이며
누가 먼저 가야 할 듯 반짝이며 빠르게 흐른다
개천 건너편엔 오리들이 평화로이 노닌다
행복해 보인 또 하루가 추억으로 지나간다

들풀

길옆 돌 틈 사이로
키 작은 이름 모르는 풀들

갈대 잎같이 긴 잎
제멋대로 뻗고

잎 넓은 이름 모르는 키 작은 풀도
노란 꽃, 보라 꽃, 흰 꽃 예쁘게 피우며

나비의 인사도
벌의 속삭임도
반갑게 나누며

뜨거운 햇살 아래
한줄기 시원한 바람에도
즐거워라

아! 이 모든 것이 다 경이롭다

돌멩이

시골집 텃밭에 돌들이 꽤나 많다
그 돌 때문에 야채를 기르는 것도 귋거적스럽다
그 옛날 산언덕에 지은 집이라 돌이 많다

모나고 둥글고 제 각각인 모양이다
가만히 생각하니 이 돌들로
디딤돌도 만들고 경계선도 만들고
낮은 돌담도 쌓아 담 넘어 이야기로 친구도 되고

거추장스럽고 미워 말아야겠다
세상의 모든 사물은 쓰임새가 있어
세상에 존재하는구나

초록이 흐르는 계절 바람이 분다

초록이 흐르는 계절
푸른 초록 물이 흘러내릴 것 같다
푸른 물과 함께

해와 달이 이끄는 대로
바람이 흐른다

싱그러운 계절에
바람도 푸르리라

8월의 어느 날

하얀 안개 속에서
고양이 걸음처럼 다가온다
연분홍 향기와 함께 아련한 꿈과 기대감으로

햇살과 바람의 힘으로
풀과 나무가 힘차게 뻗어
푸른 물을 걷어 올린다

뒤돌아보면 더 높아진 하늘 아래
황금빛 들판이 하늘을 떠받치고 있다
붉은 치마를 둘러쓴 단풍이 화려하다
이제 모두를 떨어뜨리고 두 팔도 하늘 향해 뻗었다

하늘에선 흰 꽃가루를 뿌리며
포근한 이불을 내려준다

또 다시 분홍빛 계절로 걸어가고 있다

엄마

내 안에 두려움이 있다
스쳐 가는 인연들
기쁨이고 즐거움일까

내 마음에 등불이 없다
남들은 그냥 흘려버릴 마음이라도
서럽게 눈물이 번져 흐른다

밝지도 않고 어둡지도 않은
등불이 나에겐 없다
하얀 얼굴에 엷은 미소만 보아도 애달지 않겠지만

시린 가슴 마음이 흩어지며
눈은 그리움에
가슴 서늘하게 허공을 헤맨다

"엄마"

애틋하게 다정스럽게 불러보고 싶은 이름
내 안의 등불이 사라져 흩어졌다
멀리…

님

그림자도 없다
마음 가다듬고 몸 정제하고
님을 마주하러 간다

보이지도 않는 님을 향해
만져지지도 않는 님께
촛불 하나 밝히고 싶다

차분한 엷은 불빛 아래
허리 숙여 머리 숙여
어리석은 마음에 바램을 되뇌인다

마음은 하얀 날개 달고
그 님께로 가고 싶다
언제쯤일까?
그때가…

바다

고운 모래 손가락 사이로
스르르 흘러내리고
발바닥의 부드러운 간질거림 상쾌하다
바다의 짠 냄새가 바람에 실려
내 코끝도 간질거린다

저 멀리 하얀 물보라가 내게로 온다
아득한 그리움이 있고
수평선이 너무너무 멀어
외로움도 가득하다

푸른 바다는 무슨 사연 담고 있을까
파도에 실어 나에게 전해주려나
짠 내음과 함께 기쁜 소식을

산 나들이

첫 발걸음부터 평온하다
흙이 주는 푸근함
내 사는 아스팔트보다
나를 포근히 품어주는 흙길

한 걸음 한 걸음 산에 오르며
나무뿌리도 밟고
바위도 밟고
흙냄새도 맡고
숲의 소리를 듣는다

높은 나무 사이로
파아란 하늘도 감상하며
나뭇잎 사이로 스치는 바람 소리도 들으며
가슴을 한껏 부풀리며 산에 오른다

낙엽 밟는 발자국 소리
내 심장의 떨림소리가 들린다
난 바다보다 산이 좋다

습관

산책길에 몇 미터마다
의자가 놓인 길이 있고
또 다른 길은 삼십 분을 넘게 걸어야
여럿이 쉬는 쉼터가 있다

이 길을 걸으며 앉을 생각을
아예 안 하게 된다

의자 있는 길을 걸으며
빈 의자에 자주 앉고 싶어 보면
의자 없는 쉼터까지 한참을 더 가야 하는 거리다

인간의 마음이란
좋은 습관이든 나쁜 습관이든
내가 하기 쉬운 것부터 자주하게 되듯
좋은 습관 길들이는 것도 쉽게 자주 하는 것이 좋을 것 같다

습관이란 뿌리를 내리면
자연스럽게 내 것이 된다
이 얼마나 좋은가!

가을인가!

청정하고 따끈따끈
햇살이 눈부시다

이런 날 내 마음도
햇볕 바라기라도 하면
마음의 그으름도 다 토해내고
눈물도 시원한 바람에 날려 보내고
먼 길 떠나고 싶다

길고 긴 지난날 스쳐가는 인연과
그리움 외로움 아쉬움…

추억의 한 자락씩 하늘로 띄워 보낸다
마음의 눈물도 모두 다

별

검다 못해 새까맣다
너무 적막해서 내 육신도 녹아내릴 것만 같다
넘어질 듯 목을 제쳐 높고 검은 벽을 올려다본다

푸른 보석들이 물결 흐르듯 내를 이루고
큰 보석들은 군데군데 흐트러져 있다

누가 저 벽에 저렇게 많은 보석들을 놓아뒀을까?
여기가 아기천사들의 놀이터인가?
황금망치로 저 보석을 벽에 박다가 별똥별이 된 걸까?

자정 한참 지나 너무너무 찬란한 큰 보석들이 빛을 발한다
나도 저 보석 하나 가져봤으면…

동녘 하늘이 열리면 검은 벽과 천사는 어디로 가는 걸까

호박잎 껍질 이야기

40여 년 전

이웃들과 큰 시장을 갔다
호박잎 한 묶음을 샀다

풀어헤쳐 놓고 한참을 들여다본다
깨끗이 다듬어 물에 데치고
푹 삭은 된장을 끓여 밥상 위에 대령시켰다

근데 중학생 두 아들놈이 하는 소리
"엄마는 소가 먹는 것을 우리를 먹이려고 하느냐?"고
이웃에게 얘기했더니 박장대소다

호박잎 껍질을 줄기 따라 벗겨서 찜통에 쪄야 된단다
난 그것도 모르고 껍질째 삶았으니
입안에 들어가면 꺼칠하고 질겼다

이런 사소한 것도 모르고 살아온
이 늙은 아낙의 추억 속 이야기다

흘러간 세월

중매쟁이와 함께 맞선을 보고
한 달 뒤 어느 다방에서 다시 만났는데
얼굴이 도저히 기억이 나지 않았다

중매쟁이가 가르쳐주는 사람과
무슨 얘기를 했는지 알지도 못한 채
어떻게 어떻게 결혼을 했다

시댁은 식구가 너무 많아
시동생인지 조카인지
누가 누군지 알 수 없었다

부엌은 아궁이에 불을 때는 재래식
할 줄 아는 게 아무것도 없으니
콩나물 다듬고 설거지나 할 정도였다

그래도 젊은 시절 남편 바라보며 열심히 살았다
나이 들어 늙은이 되고 보니 어디가도 어른 대접 받는다

남편 사회생활 마감하고 살아가는 지금

돌이켜보면 그때가 행복이었다

어른의 자리는 결코 쉽고 편한 자리는 아니다
모든 걸 다 품어 덮어야 한다
그렇게 죽는 날까지 살았으면….

한밤중에

한밤 한숨 한 번 쉬어볼까

마당에 내려섰다

하늘은 어둡다

사방을 둘러보다

저 산 밑 유난히 반짝이는 불빛

저 불빛 따라가면 두 손 맞잡아

반갑게 맞아줄 이가 있을까

밤나무 아래서

길목에 밤나무 한 그루 파아란 잎새 내밀고
황홀하고 향긋한 향기 뿜어 짙은 초록으로 갈아타고
앙증스럽고 부드러운 밤송이가 하늘을 이고 있다

여름 끝자락 알밤을 한 알 두 알 뜨러 뜨리면
성급한 동네 조무래기 두드리고 흔들어 괴롭혀도
묵묵히 서 있는 밤나무

가을이 익기 전에 다 뜨러 뜨려 준다
나는 아침마다 알밤을 줍는다
토실한 알밤이 귀엽고 너무 소중하다

이 가을의 결실을 언제까지 주시려나
밤나무의 일생이 참 좋다

가을 들판

가을 바람이 전하네
높고 맑은 하늘에게
노오란 황금빛 들판 긴 무더위에 잘 견뎌줘서 고맙다고

가을 하늘이 답하네
높이 나는 새에게 구름에게
여름날 드센 비바람에도 잘 견뎌줘서
이쁘다고

마주보며 햇살 좋은 가을날에
마음의 노래를 부르고 싶다
멀리 멀리 크게 크게 퍼져 나가게

오늘

하늘색이 너무 맑다

티 하나 없다

해는 중천에 떠서

햇살 따갑다

서쪽 하늘에 흰 낮달이 미안한 듯 걸려있다

팔십 가까이 살아보니

자연의 조화가 참 묘하는 걸 새삼 알게 된다

그리움

보고 싶다

그리운 사람들

다들 잘 계시겠지

난 씩씩하게 잘 있다고

이 좋은 가을날에

산들바람에 실어

푸른 저 구름에 태워

내 소식 전하고 싶다

들어봐라

아버지, 엄마는 어찌하여 복이 많아
너희 같은 자식을 두었구나

맡은 일 충실하고 사회의 일원으로 원만하게 살아가는
너희를 보면 흐뭇하고 대견스럽구나

그리고 착한 예쁜 두 며눌 아기

내조 잘하고 천사 같은 손녀,
희경 현경, 한홍이 밝고 건강하게 잘 키워주었구나!
앞으로도 모두가 한 번 더 참고 남편 잘 보살피고
아이들 남 앞에서 떳떳하게 설 수 있게 잘 잘 키워라

건강하게 서로 배려하고 서로의 입장에서 이해하며
작은 것에 감사하고 이렇게 조용히 살자 모두 건강하게

너희가 정말 고맙구나

― 한갑을 넘기며 ―

터벅터벅 걸어 가는 삶일지라도 세상은 아름답기에

끝없는 사랑의 노래를 부르며 살아 가고 싶습니다

가을, 겨울, 봄, 여름
그리고 사랑

:

박화진

냉면 사발과 우리 숙모님

애비야! 밥은 먹고 다니냐?

새색시 붉은 볼 대갓집 문 들어설 때
까만콩 배꼽둥이 조무래기 조카놈
반백이 넘어도 배곯을까 걱정이다

팔순 세월 칭칭둘린 냉면가락을
국물 말아 후루룩 들이켜보니
삼복더위인데 고막까지 시원하다

개나리 새순 손마디는 어디 가고
솔가지 검푸른 손자락으로
냉면 사발에 온기를 버물리셨네

지금처럼 남은 생도 건강하시길 비는 걸로
비싼 냉면 값을 드렸다
염치없기는 예나 지금이나 똑같다

낙엽등을 바라보다가

구멍난 속옷으로
바람이 들어간다

메마른 가슴팍
파고드는 찬이슬

말라붙은 등줄기
실핏줄로 움켜쥐고

이리저리 뒹굴다가
인적 없는 산기슭에

은빛 이불 덮어쓴 채
홀로이 쪼그리고 앉아

또 다가올 봄을 기다리겠구나

CIIJ AWHHSAT

가을

지난여름 흘러내린 땀방울
빨랫줄에 내걸어 가을빛에 말린다

타는 목마름은 후울쩍 지나갔지만
남은 물기 스치는 바람에 날려 보내고

빠자작 낙엽 밟는 소리에 장단 맞춰
휘파람 불며 살랑거려봐야겠다

가을은 정신의 휴식이다
가을은 영혼의 준비다

나는 이 가을에
또 얼마나 많은 눈물을 흘려야 하나

봄날에 너 때문에 생긴 눈물자국

여름날 소낙비에 씻겨 간 줄 알았거늘

가을빛에 시린 붉은 꽃물이 쏟아진다

나는 또 얼마나 많은 눈물을 흘려야

다시 올 너에게 미안하지 않겠느냐

이 밤 나는 또 얼마나 많은 눈물을 흘려야 하나

가을 사랑

가을이 아까워

빠알간 낙엽 한 장 주어
호주머니에 슬쩍 넣었다
가을을 다 얻었다

가을이 아까워
파아란 하늘 한 방울 찍어
네 눈망울에 살짝 넣었다
가을을 네게 다 주었다

이젠 가을이 아깝지 않다

낙엽

그래!

얽히고 설키고 살다가

홀로 홀연히 떠나는 거야

가을편지

따뜻한 커피 한 잔도
떨어지는 낙엽 한 잎도
빈 줄 가득한 편지지 한 장도
더욱 가을스러워지는데

커피가 다 식기 전에
낙엽이 다 떨어지기 전에
편지지 빈 줄을 다 채우기 전에
가을 바람을 타고 그대 오려나

오늘도 창 넓은 까페 모퉁이에서
가는 가을을 부둥켜안고
하염없이 기다려본다
가을 상념을 받아줄 그대를

겨울나기

까만 눈 짙게 내리는 오후

겨울 철새 한 마리

들길 끝자락 휘감아 돌아

때늦은 비상을 한다

가을빛 머금은 민들레 홀씨

시린 몸 떨더니

추적이는 바람에 흩날려갔다

봄은 언제나 쉬이 오지 않는다

봄 그리기

길었던 침묵의 붓자루
나선으로 비틀어
캔버스 맨 아래쪽부터
유채색으로 슬며시 그려본다

얇아진 겨울 시내 아래쪽
은빛 소리 물감처럼 번져나가고
지빠구리 한 마리
솜털 버들가지 슬렁슬렁 흔든다

시나브로 북풍한설 한 자락이
감 쪽빛 석양을 감싸 안은 채
머물던 기억 더듬어 보지만
희미하게 떠나가는 시간일 뿐이다

해마다 맞이하는 봄 그리기는
오래된 화가 선생에게도
언제나 가슴 설레는 작업이다

3월의 비

3월의 빗방울엔
얄미운 차가움이 남아 있다
꽃망울아!
들뜬 설레임으로
서두르지 마라
꼭 피었으면 좋겠다

꽃비늘 날리는 봄날에

꽃비늘에 붙은
설익은 반짝임이
볼을 스친다

누군가에겐 따스하고
또 다른 누군가에게 아직은 차갑기만 하다

같은 날 같은 하늘 아래
떠돌던 너였거늘

대체 무슨 일이 있었더냐?

설익은 봄비

때 이른 봄날이
가랑비에 실려 온다

밤새 너의 주변을
서성이고 맴돌다

망설이고 망설여
성큼 매달렸더니

넌 말 없이 희미한
미소만 짓고 있구나

아직은 꽃샘바람에
힘겨워질까 봐

봄은 올 거니까

백목련 시린 가지
찬바람에 흔들려도
여린 꽃망울 놓지 않는다
봄이 올 거니까

날개 접은 찌빠구리
눈밭 고랑 헤매여도
얇은 꼬리 바삐 까닥인다
봄이 올 거니까

실개천 얼어붙어
버들피리 길 막혀도
말간 물 미소 잃지 않는다
봄이 올 거니까

꽃도
새도
물도
분주히 기다리는 봄

그대는
불쑥 봄이 오면 어쩌려구?

봄날에 내리는 눈

마른 차가움에 움츠리던 봄빛이
은빛가루를 송골송골 쏟아낸다

더딘 한 발짝 조심스레 내딛다가
가는 바람 시샘에 멈칫하더니

꽃망울 여린 눈빛 미안했던지
유리 버선발로 슬며시 살아지는데

어찌 두 손 놓고 보낼 수 있나
눈 등에 업혀서도 오겠다는 봄날을

비 갠 오후

빗방울아!

꽃망울에
너무 오래 머물지 마라
미소보다 눈물부터
흘리게 하려느냐?

나비야!

젖은 꽃잎에
너무 가까이 가지 마라
날갯짓 하는 걸
잊어서야 되겠느냐?

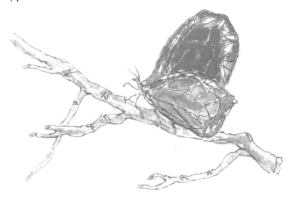

연분홍 손편지

기나긴 밤 홀로이 뒤척이다

연분홍 물든 가슴 참지 못해

손끝에 맺힌 그리움 꼭꼭 눌러

꽃망울만한 사연 적어 보내나이다

행여 봄바람에 식을까 하니

얼른 향기부터 맡아주소서

기다림

해가 뜨기를
꽃이 피기를
사람이 오기를
그대가 미소 짓지를
기다리고 기다려도
쉬이 지치지 않는 건
가슴 속 깊은 곳에
흔들리지 않는
사랑의 발코니 때문이겠지

사랑의 종소리

새벽녘 종소리에
그대 심장 뛰는 소리도 함께 실려 가
사랑의 시작을 알리고 싶다

한낮의 종소리에
그대 사랑한다는 말도 함께 실려 가
널리 멀리 퍼져 갔으면 싶다

저녁녘 종소리에
그대 사랑했었다는 눈물도 함께 실려 가
되돌아오지 않았으면 싶다

온 지구를 휘감아 도는
천상의 종소리에
내 사랑 얘기 가득 찼으면 좋겠다

꽃 약속

떨어지고 멀어져도
슬프거나 외롭지 않아

언제까지나 함께 있을
따스한 네 눈길과 손길

내 모습 고이 간직하다
미소 지으며 돌아올게

꽃이 흔들리니 나비도 흔들린다

꽃아! 바람이 좋아서
흔들리고 있구나

나비는 너를 떠나
날려가기 싫은데

네가 소리 없이 흔들려
나비는 속 태우며 흔들리고 있다

하늘빛으로 가는 네 고운 마음
정처 없이 날리지 않았으면 좋겠다

꽃이 흔들리고 있다
나비도 속절없이 흔들리고 있다

사랑 계산법

많이 갖고 싶어?

넘 꼭 쥐지 마
많이 쥘 수 없어

느슨하지도 마
빠져나가고 말 테니

적당히 펴고 오므려야
제대로 가질 수 있는 거야

모래 한 줌 쥐는 사랑이라고
실망하지 마

한 줌일지언정 모래알 수 만큼 많은 게
사랑의 감정이지

사랑은 부피가 아니고 질량이니까

언약

파도가 치면

몸이 휘청거릴지 몰라

마음은 흔들리지 말자

관심

보고만 있으면

빨리 시들걸?

꽃도 사람도 사랑도

소망

산길을 걷다가
홀로 핀 꽃 한 송이
가슴 설레며
남몰래 혼자 품는다

무명 꽃

이름 모를 꽃을
이름 없는 꽃이라 고개 돌리지 말라

이름 모를 사람을
이름 없는 사람이라 가벼이 대하지 말라

장미의 화려함이 없어도
철인의 위대함이 없어도

꽃이기에 사람이기에
조건 없이 사랑받아야 한다

짝사랑 숨바꼭질

잡히지 않는다고 초조해하지 마

술래가 바뀌면 재미없을 수 있어

숨어서 기다리는 걸 즐기는 건 어떨까?

사랑 사용법

많이 나눠줘

대가를 바라지마

돈 주고 사지마

자주 표현해

그리고 뜨겁게 사용해봐

비 오는 날엔

비 오는 날엔
젖어버린 내 영혼
창 넓은 카페에 앉아
뜨거운 커피에 담아보고 싶다

비 오는 날엔
말없이 떠난 사람
낡은 양철지붕 처마 밑에서
하염없이 기다리고 싶다

비 오는 날엔
슬픈 영화 속 주인공 되어
가로등 흔들리는 골목 속으로
서걱서걱 걸어보고 싶다

비 오는 날엔
갈라지고 찢긴 상념
조각조각 씻어
떠내려 보내고 싶다

특별한 걸 하고 싶은
비 오는 날은
하루가 더 길었으면 좋겠다

그대 가던 길 주저하지 말아요

길모퉁이 저 혼자 서 있는 이름 모를 꽃이 하는 아침 인사를 받은 적이 있나요?

"좋은 아침이에요. 저의 향기로 당신의 하루가 행복하게 됐으면 좋겠어요"

한없이 넓고 시원한 바람이 뜨거운 태양을 감싸려는 손짓을 본 적이 있나요?

"많이 덥죠. 제가 당신에게 내리쬐는 따가운 햇볕을 가려줄께요. 가던 길 힘차게 가세요"

백열등처럼 은근한 저녁달이 처진 당신의 발걸음을 살포시 주물러주는 순간을 느낀 적이 있나요?

"오늘 하루 힘드셨죠. 지금부터 따스한 빛으로 당신의 길잡
이가 될께요"

지치고 힘들고 외롭더라도 그대 가던 길 주저하지 말아요

꽃과 바람과 달빛이 있는 세상

그대 사랑도 머뭇거리지 말아요

꽃과 와인 방정식

그윽이 바라보고

짙은 향을 맡은 뒤

뜨겁게 품어라

사랑도 그렇게 해야 한다

花夢

밤새 꽃을 안고 잤소

꽃향기에 취해

내가 꽃인지 꽃인 나인지 몰랐소

아침에 눈을 뜨면

나도 꽃이 되어 향기롭고 싶소만

꽃들이 시샘하지 않겠소

꽃이 사람에게 1

나 보고 미소 짓고

내 향기에 취하거든

가슴 열고 품은 채

사랑 노래 한 수 하렴

너도 나처럼 꽃이 될 거야

비 오는 날 수채화

반쯤 식은 커피잔에

멍한 내 눈빛 담아

너를 기다리는 오후

창밖을 두드리는 너를 보고도

설레던 마음 간직하고 싶어

못 본 척 고개 돌린다

아! 오늘도 못다 그린

비 오는 날의 나의 수채화

고백

그대의 손을 잡을 때
내 믿음도 같이 건너갑니다

그대와 길을 걸을 때
세상도 같이 걸어가고 싶습니다

그대에게 꽃을 바칠 때
내 사랑도 같이 따라갑니다

지금 이 순간 함께 하는 당신
나의 믿음, 소망, 사랑입니다

꽃이 사람에게 2

내가 필 땐
네 모습에 감탄하고
내 향기에 취해
나만 사랑할 듯하더니

내가 질 땐
때가 되어 지려니
눈길 한번 주지 않는데
나는 너를 위해 또다시
긴 여행을 떠난다

나는 사랑이니까

석양이 질 때쯤

갈 길 바쁜 저녁 해를 붙들고
홍시빛 단장한 기러기 떼 추파에
누렁이 콧구멍이 벌렁거린다

'누렁아 이제 가자' 큰 기침에
화들짝 한걸음 앞서 나가니
밥 짓는 할멈 마음이 분주하다

누렁이 연심이야 어떠하든지
내일도 오늘처럼 해가 꼭 떠서
청보리 허릿살 굵어지면 좋겠다

아궁이 빨간 불씨 꺼져갈수록
노부부 남은 사랑 깊어 가는데
누렁이 두 눈엔 저녁달이 드리운다

동심

꽃잎이 날리면 받아 먹을래요

내 꿈이 거기 있으니까요

파도

갈퀴 같은 너를 달래려

햇살 빻아 단장하고

달빛 녹여 노래 부르며

헤아릴 수 없이 너를 찾아왔건만

쉰 목소리 여운을 남긴 채

낯가림에 부딪혀 되돌아간다

사람이 사랑에게

꽃이 별에게
어두운 밤에 네가 최고였어

별이 해에게
아침이 오니 네가 최고였어

해가 구름에게
흐린 날엔 네가 최고였어

구름이 바람에게
더운 날엔 네가 최고였어

바람이 꽃에게
흔들려도 피는 네가 최고였어

꽃이 사람에게
사계절 다 살아가는 네가 최고였어

사람이 사랑에게
언제나 너에게 최고이고 싶었어

연애

왜 연락이 안 올까?
마음에 없나 봐
아니야!
기다리고 있을지도 몰라

먼저 연락을 해볼까?
기다리고 있으려나
아니야!
곧 연락이 올지도 몰라

꽃이 피고 있구나
너와 내 가슴에
활짝 피어났으면

술잔

네가 부럽다

기쁠 땐 기쁜대로
슬플 땐 슬픈대로
너를 번쩍 들어 올려
찐한 입맞춤 하는데도
마주 앉은 연인조차
질투하지 않는구나

무고한 너를 던져
산산이 부서져도
네 탓이 아니기에
너의 빈 속 채우려고
이 구석 저 구석이
너를 찾고 있으니
주체 못 할 그 인기

나는 네가 부럽다

거울

나를 한 번 더
바라보는 너
사랑 스위치 "ON"

五季

곱게 피던 꽃 떨구고 떠나가는 봄아

잦아지는 비바람에 밀려가는 여름아

붉은 숨 쏟아내고 사라지는 가을아

은빛 이불 덮은 채 긴 잠자는 겨울아

때가 되면 어김없이 변해가는
봄, 여름, 가을, 겨울 사계절아

계절 하나 딱 더 있으며 좋겠다
언제나 변함없는 사랑의 계절

할매 시인을 향한 연가

개나리, 진달래 꽃빛처럼 발그레 물들던 볼
부끄러워 고개조차 들지 못한 앳되고 앳된 날들
연분홍 치마저고리 살포시 감싸 안은 채
낯설고 물설은 땅 새색시 버선발 내린 날이 어제 같은데
어느새 갑년의 세월이 흘렀네요

귀머거리 천 일, 벙어리 천 일
북풍한설보다 매섭고 모질다던 시집살이
꽁보리밥, 거친 나물반찬도 꿀맛으로 여기고
밭고랑 김매기에 고운 살 볕에 타들어도

버들 꽃보다 가늘고 여렸던 손마디 비바람 모진 풍파 견뎌
내려니
늙은 솔 껍질마냥 갈라지고 비틀려도
누구를 책망하지 않고 보낸 세월
자식농사 짓는데 머가 힘드냐고

적은 소출 내 탓이라 마음 아파하다 보니
어느새 갑년의 세월이 흘렀네요

솜털 같은 손주 재롱에 꼬깃꼬깃 쌈짓돈 주는 재미
왕후장상 부럽지 않았지만
일자무식 부끄러워 굽은 허리처럼 펴지 못한 내 인생
이제 글 배워 시까지 쓰게 되니 세상 행복이 따로 없네요

'할매는 참 멋진 시인입니다'라고 쓴 손주의 쪽지 편지
말라버린 내 가슴 첫날밤처럼 왜 이리도 쿵쿵거리는지요
읽고 또 읽어도 눈이 안 아픈
'할매요 사랑합니데이'를 다시 또 읽으려니
콧등 반쯤 걸린 돋보기를 자꾸만 올리게 되네요

단풍 연가

연두빛 처녀 볼 장마에 씻어내고
노오란 치마에 새빨간 입술단장
철없는 사내 마음을 흔드는구나

가을바람에 살랑거리며 춤추다
노란 치마 간 곳 없고 입술 자국만
내 가슴에 기약 없이 묻혀있구나

여기저기 흩어져 뒹굴다가
연둣빛 단장하고 되돌아오면
넌 줄 알고 반가이 맞으리라

사랑 보관법

가을을 오래 간직하고 싶다면
낙엽 한 장 주워
책갈피에 끼워 두세요

사랑을 오래 간직하고 싶다면
사랑 노래 한 소절
종이비행기에 실어 보내주세요

먼 훗날에도 당신의 마음이
지구 한 모퉁이 누군가에게
미소와 행복으로 남게 될 것입니다

화음

가까이 있어도
마음이 멀어지면
불협화음이 나고

떨어져 있어도
사랑이 있으면
천상의 소리가 난다

Who am I?

ParkHwaJin 20200802

모정 1

아들아!

난 네가

잘 할 때보다

못 할 때

더 사랑한단다

방구들 데펴줄께

몸부터 좀 녹이렴

자식

얘야!
저 멀리 넓은 데로
똑바로 날아가렴

아뇨!
제 가고 싶은 데로
가는 거죠

아! 맞아
내게서 나왔지만
내 게 아닌 거였지

사모곡

굵은 손마디 삯바느질 한 푼 두 푼
새끼들 월사금 옹기 항아리에
금싸라기같이 차곡차곡 모으시고

잔칫집 품팔은 귀한 음식
식을세라 상할세라
새끼들 입에 넣기 바빴네요

정작 당신은 우물물 한 바가지
나는 밥 먹었다
거짓말을 밥 드시듯 하신 어메요

부디 저세상에서는
모락 김 나는 고운 밥 맘껏 드시고
따신 아랫목에 편히 누워서
왕후장상처럼 대접받고 사시우

저녁노을

타다 남은
희미한 온기마저
혼신을 다해
쏟고 가려는
느린 발걸음
등 굽은 늙은 어미여!

동행

손을 꼭 잡아요

천천히 걸어요

끝까지 같이 가야 되잖아요

공깃밥

더 담고 싶었는데
한 공기 더 줄 수 있는데

모락 김이 오래 가야 될 텐데
빨리 와서 먹었으면 좋을 텐데

공기밥은 기다림이었다
밥 한 그릇은 사랑이었다

"밥은 먹고 다니냐?"
"바빠요"

온기 우편함

문자야

카톡아

이제 나도 좀 먹고살자

부모 마음

아들, 딸아!

너희도 꽃길만 걸었으면 좋겠다

그런데

그 꽃길을 만든 사람도 생각하며

걸어가면 더 좋겠구나

모정 2

더 줄게 없는데

어쩌나?

민들레

우주 둥지 안에

깨알보다 작은 새들이

솜털 한 개 날개 삼아

세상 모퉁이를 향해

바람 소리에 몸을 싣고 날아간다

그저 멍한 눈으로

무게 잃은 앙상한 대롱이

우두커니 선 채 바라보고 있다

홀씨어

깃털보다 가벼운 삶이 될지라도

넌 나보다 아름답게 피어나거라

자식교육

아들아!

물고기 잡는 법을 알려줬으니

물고기 나눠 먹는 법도 알았으면 좋겠다

친구

춥지
내 코트 줄까?

으음
괜찮아!

자존심의 경계선

우정

적금을 탔네, 그려
진짜 어려울 때
뒤에서 봐주는군
작은 액수지만
평소에 차곡차곡 넣어야겠어

원죄

사과 한 개를 나눠 먹었어
아직도 벌을 받고 있어

사과 두 개가 생겼어

혼자 다 먹을까
둘이서 한 개씩 먹을까
조각내서 여럿이 나눠 먹을까

어쩌지?

900원짜리 커피점

둥그마니 들어선

우리 동네 길모퉁이

900원짜리 국산 커피점,

큰길 건너 잰 체하는

외국산 비싼 커피점이

주눅 들게 하지만

커피 쓴맛이야 별다를까

젊은 부부 땀 배인

900원짜리 커피점엔

모락모락 사랑이 피어나는데

커피 유희

무뚝뚝한 검은 빛 연못 위로
흰 조약돌 몇 개 던져 봤더니
무심한 듯 스르르 삼켜 버리네

얼마나 깊을까 궁금한 마음에
조그만 노 하나로 짚어봤더니
내 몸뚱이 빠질 정도는 아니네

사르르 감아 오른 물안개에 취해
오늘도 잡히지 않을 세상고기를
끼니도 거른 채 낚으려 하고 있다

사내

고무줄 끊어 울리고
치맛단 들쳐 울리고
술 때문에 울리고
돈 때문에 울리고
여자 때문에 울리고
병 때문에 울리고
남은 인생 웃으면서 살잔다
사내들 참 웃기는 동물이다

오! 추자여

이승의 질긴 인연
흔적없이 사라질까
가슴 아려 흘린 두 방울 눈물
떠나신 고운 님 그리워
모시적삼 애처러이 여미고
남몰래 던진 내 살붙이여

황금 보기를 돌같이 해도
민초들의 허기진 배
황금보다 귀하기에
세상 낚을 지혜 한없이 베푼 이곳
야만의 침략 물리친 그 기개
푸른 바다 철옹성 우뚝 섰도다

오, 추자여!

순풍만 머문 이곳에
별과 달과
사람과 사랑이
천주의 붉은 돛 올려
천년의 세월
유유히 떠 있을지어라

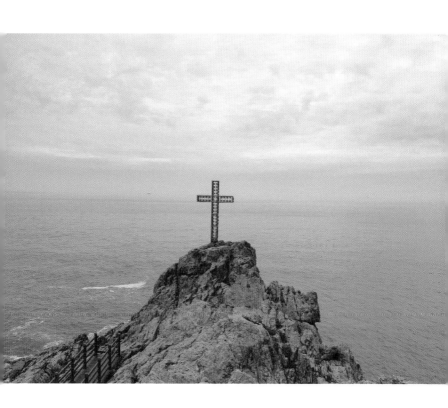

초록이 흐르는 계절 바람이 분다

초판 1쇄   2020년 12월 10일

지은이   전화자, 박화진
발행인   김재홍
디자인   김다윤, 이근택
마케팅   이연실

발행처   도서출판지식공감
브랜드   문학공감
등록번호   제2019-000164호
주소   서울특별시 영등포구 경인로82길 3-4 센터플러스 1117호 (문래동1가)
전화   02-3141-2700
팩스   02-322-3089
홈페이지   www.bookdaum.com
이메일   bookon@daum.net

가격   12,000원
ISBN   979-11-5622-554-6 03810

CIP제어번호   CIP2020049295
이 도서의 국립중앙도서관 출판예정도서목록(CIP)은 서지정보유통지원 시스템 홈페이지(http://seoji.nl.go.kr)와 국가자료공동목록시스템(http://www.nl.go.kr/kolisnet)에서 이용하실 수 있습니다.

문학공감은 도서출판 지식공감의 인문교양 단행본 브랜드입니다.